2,–

Manfred van Doorn

Der Schlüssel liegt im Dunkeln

Manfred van Doorn

Der Schlüssel liegt im Dunkeln

Der Zweite Weltkrieg und seine Folgen im Schicksal der Verstorbenen

Verlag Urachhaus

Aus dem Niederländischen von
Heide Hemminga und Anke Schwedler

Die niederländische Originalausgabe erschien 1995
unter dem Titel ›De sleutel ligt in het donker.
Spirituele betekenissen van de Tweede Wereldoorlog‹
bei Uitgeverij Vrij Geestesleven, Zeist

ISBN 3-8251-7216-3

Erschienen 1998 im Verlag Urachhaus

Umschlag: Walter Schneider unter Verwendung
eines Bildes des Ullstein Bilderdienstes.
Druck: Offizin Chr. Scheufele, Stuttgart

Inhalt

Mitten in der Nacht, beim Schein einer
Straßenlaterne, sucht ein Betrunkener
nach seinem verloren gegangenen Schlüssel.
Ein Passant sieht ihn bei seiner verzweifelten
Suche und bietet ihm seine Hilfe an.
Nach einer Weile fragt der Passant:
»Sind Sie sicher, dass Sie den Schlüssel
hier verloren haben?«
Der Betrunkene antwortet:
»Nein, aber hier ist es wenigstens hell!«

Einleitung

Dieses Buch enthält zwölf Monologe, in denen Aspekte des Zweiten Weltkriegs von einem sehr ungewöhnlichen Standpunkt aus betrachtet werden. Als Ganzes bilden sie den Versuch, sich aus metaphysischer Sicht mit der Gewalt und dem Leiden auseinanderzusetzen.

Die ersten sieben dieser sehr verschiedenartigen Monologe basieren auf persönlichen Berichten von Menschen, die während des Zweiten Weltkriegs gelebt haben. Die anderen fünf werden aus der Perspektive von Geistwesen erzählt, die im Hintergrund wirken und von dort aus die menschliche Entwicklung beeinflussen.

Sofern es sich hier um Erlebnisberichte Verstorbener handelt, mischen sich Realität und Fiktion. Einerseits beruhen sie auf persönlichen Erfahrungen von Menschen, die sich mir anvertraut haben, bzw. auf dem Schicksal ihnen nahe Stehender. Daneben enthalten sie aber auch Schlussfolgerungen, die ich den Betreffenden entsprechend meinen eigenen Vorstellungen von Leben und Tod in den Mund gelegt habe.

Ich gehe davon aus, dass Menschen nach ihrem Tod lange Zeit ein individuelles Bewusstsein behalten. Und dass Verstorbene, je länger der Zeitpunkt ihres Todes zurückliegt, zu einer immer deutlicheren Einsicht in ihr zurückliegendes Erdenleben gelangen. Ausgehend von dieser Hypothese malte ich mir in meiner Phantasie aus, wie diese Menschen fünfzig Jahre danach auf ihre Erfahrungen während des Krieges zurückblicken würden. Um diesem Ansatz gerecht zu werden, habe ich einen komprimierten Stil gewählt und Ausschmückungen weggelassen. Es geht um das Essenzielle.

Obwohl die fünf Monologe der Geistwesen für mich persönlich unbedingten Realitätswert haben, sollten sie zunächst als reine Fiktion betrachtet werden. Ich bin mir durchaus bewusst, wie heikel es ist, den ›Teufel‹ zu Wort kommen zu lassen oder einen Epilog aus der Perspektive Gottes zu schreiben. Ich habe es dennoch gewagt, weil ich hoffe, dass dies die gewalttätige Seite des Menschen besser zu verstehen und zu akzeptieren hilft und der Mensch dabei mit ihr umzugehen lernt und erkennt, was dies für unser Bild von uns selbst und damit auch für dasjenige, das wir uns von Gott machen, bedeuten kann.

Ich selbst bin in zweiter Generation von den Auswirkungen des Krieges betroffen. Mein Vater hat als Mitglied der niederländischen Widerstandsbewegung vielen Menschen das Leben gerettet (unter anderem meiner Mutter); er wurde verraten und landete im Konzentrationslager. Nach seiner Festnahme wurde er während eines Verhörs von SS-Soldaten gefoltert. Sie haben seinen Kopf so lange gegen die Wand geschlagen, bis er aus Mund, Nase und Ohren blutete. Danach wurde er ohne ärztliche Behandlung in eine Zelle geworfen. Trotzdem hat er nichts ausgesagt.

Meine Mutter – ein Einzelkind wie auch mein Vater – stammt aus einer wohlhabenden deutsch-jüdischen Familie. Sie wuchs sehr behütet auf und floh als Siebzehnjährige mit ihrem Vater und ihrer Mutter in die Niederlande. Wie auch viele andere wähnten sich ihre Eltern dort in Sicherheit. Sie wurden in Sobibor vergast.

Einige Wochen nach dem Abtransport meiner Großeltern ins Durchgangslager Westerbork musste sich auch meine Mutter zur Deportation melden. Sie hatte einen Abschiedsbrief an ihren damaligen Musiklehrer und Freund geschrieben, der gerade noch rechtzeitig von ihm entdeckt wurde. Dieser Mann, der später mein Vater werden sollte, zog sie – buchstäblich in letzter Sekunde – von der Tür des Deportationsamtes weg.

Mein Vater hatte unter Depressionen, Kopfschmerzen und ständig überhöhtem Blutdruck zu leiden. Vierzig Jahre nach der Befreiung von den Nationalsozialisten ist er schließlich doch noch an den Folgen seiner Verletzungen gestorben. Meine Mutter kränkelt jetzt schon seit fünfzig Jahren, aber Gott will sie noch nicht gehen lassen.

Das härteste Schicksal hatte mein älterer Halbbruder zu ertragen. Schon als Baby hat ihn die erste Frau meines Vaters so schlimm verprügelt, dass er dadurch zum Epileptiker wurde. Als mein Vater in die Widerstandsbewegung eintrat und untertauchte, konnte er zwar seine Tochter (meine Halbschwester) mitnehmen, nicht aber seinen Sohn, der besonderer Fürsorge bedurfte. Nach dem Krieg wurde er von Pflegeeltern aus der Schweiz adoptiert. Ich habe ihn nie kennen gelernt.

Meine Halbschwester war noch ein Säugling, als mein Vater mit ihr seine sich stets am Rande einer Psychose befindliche und außerdem deutschfreundliche Frau verließ. Zusammen mit meiner Mutter versteckten sie sich in einem kleinen Holzhaus irgendwo in den Wäldern der Veluwe, einem großen Wald- und Heidegebiet im Osten der Niederlande, zwischen Apeldoorn und Arnheim. Eines Tages kehrte meine Mutter mit dem Baby auf dem Arm zum Versteck zurück. Sie war auf der Suche nach etwas Essbarem gewesen: Als sie beim Blockhaus ankam, stand das geheime Signal auf ›unsicher‹ – als Zeichen, dass mein Vater festgenommen worden war.

Ihre Eltern deportiert, ihr Beschützer fort, keinen sicheren Unterschlupf mehr und in ihren Armen ein Kind, das nicht ihr eigenes war … In ihrer Verzweiflung holte sie sich einen Strick, um sich an einem Baum zu erhängen. Aber was sollte sie mit dem Töchterchen meines Vaters machen? Sie brachte es nicht übers Herz, das Mädchen zu töten oder es seinem Schicksal zu überlassen. Aus eigener Kraft und Eingebung hat sie eine neue Adresse zum Untertauchen gefunden und weiter für das Kind gesorgt.

Nach dreizehn Monaten im Konzentrationslager wurde mein Vater irrtümlich freigelassen. Es war Hitlers Geburtstag, als er begnadigt wurde. Kurz nach seiner Entlassung bemerkte man den Fehler. Sofort erging ein neuer Haftbefehl. Inzwischen war er aber schon untergetaucht. Mit Hilfe seiner Freunde aus dem Widerstand hat er meine Mutter wiedergefunden.

Während des sogenannten Hungerwinters 1944/45 wurde mein Bruder und sieben Jahre später meine Schwester geboren. Sie haben die schlimmsten seelischen Erschütterungen erfahren und diese für mich vielleicht dadurch gemildert. Mein Vater litt unter einem ›Lagerkoller‹ und meine Mutter musste arbeiten, um die Familie durchzubringen. Es waren Jahre des Schreckens, in denen mein Vater in seinen Wahnvorstellungen schrie und um sich schlug, in denen meine Mutter mit dem Gedanken spielte, nach Israel auszuwandern, weg von diesem Irrsinnigen, an den sie das Schicksal gekettet hatte. Aber wie konnte sie den Mann verlassen, der ihr das Leben gerettet hatte? Den Mann, der so furchtbar gefoltert worden war, weil er sie nicht hatte verraten wollen?

Ich wurde gezeugt, als meine Eltern sich – nach der ersten Verarbeitung ihres Kriegstraumas – nun erst wirklich füreinander entscheiden konnten. Sie hatten ein Haus mit Garten bekommen und eine Rente für ehemalige Angehörige des Widerstandes. Die Wolken der ersten zehn Nachkriegsjahre hatten sich verzogen, das Licht brach durch. Meine Ankunft wurde mit Freude erwartet und meine Geburt verlief – anders als bei den Geschwistern – ausgesprochen reibungslos. Ich war ein fröhliches Baby und war das Sonnenkind, der ›Erlöser‹. Mein Schicksal schien klar: Ich musste gutmachen, was fehlgeschlagen war.

Ich wurde mit viel Liebe aufgezogen. Meine Geschwister mussten mitansehen, wie ich als Nesthäkchen verwöhnt und mit Aufmerksamkeiten, die sie selbst nie erfahren hatten, überschüttet wurde. Ich kam in den Genuss von Privilegien, von denen sie niemals zu träumen gewagt hätten. Regelmäßig machte ich Ausflüge mit meinem Vater, der bei mir weniger emotional, weniger aggressiv als in Gegenwart meiner Geschwister war.

Wir alle sehnten uns danach, glücklich zu sein. Aber irgendwie wollte für uns der Krieg kein Ende nehmen. Meine Mutter gab mir viel Wärme, sie litt aber so stark an Schwindelanfällen, dass sie sich bei den wenigen Spaziergängen mit mir als Säugling am Kinderwagen festhalten musste, um nicht hinzufallen. Mein Vater musste einen Großteil des Tages ruhen, um ›funktionieren‹ zu können. In meiner Erinnerung lag er im Winter immer am Ofen und schlief.

Ich war noch ein kleines Kind, als es schon damit losging, dass Foto-Dokumentationen über die Konzentrationslager herbeigeholt und Geschichten erzählt wurden. Bereits von meinem vierten Lebensjahr an wurde mir beigebracht, wie leicht Menschen zu Ungeheuern werden können. Als ich fünf war, fing ich an, verschiedene Kampfsportarten zu betreiben, um so unverwundbar wie möglich zu werden. Die Losung ›Nie wieder Auschwitz‹ war mir tief in die Seele geschrieben.

Ich wuchs auf der Seite der Opfer auf. Die Täter habe ich lange Zeit nur unter den ›schlechten Menschen‹ gesucht. Ich betrachtete meine Eltern als frei von Schuld. Alles, was sie mir gegenüber falsch gemacht haben, war aus ihren Verwundungen heraus zu erklären!

Erst als ich in psychotherapeutischer Behandlung war, habe ich erkannt, wie sehr ich in meiner Jugend selbst der Gewalt ausgeliefert war: Zu früh wurde ich den schrecklichen Bildern ausgesetzt und dem täglichen Wortschwall meines Vaters, der seinen Sohn als ›Kummerkasten‹ für sein ungezügeltes Mitteilungsbedürfnis benutzte. Er war zu stolz, sich einer Therapie zu unterziehen, bemerkte jedoch nicht, dass er mich als häuslichen Therapeuten, als Hüter seiner Widerstandsgeheimnisse, missbrauchte: »Sag' deiner Mutter nicht, dass …«

Auch meine Mutter tat mir in Form von Worten Gewalt an und erzeugte eine ödipale Bindung. Sie hatte so viel Furchtbares mitgemacht, mit dem sie meinen Vater nicht zu konfrontieren wagte, dass sie beschloss, ihren frühreifen Sohn ins Vertrauen zu ziehen. Es war schmeichelhaft für mich, dass mir Familiengeheimnisse anvertraut wurden. Es gab mir eine Schlüsselposition innerhalb der Familie und eine Identität: »Wenn mein Vater dies wüsste, dann … Wenn meine Schwester wüsste, dass …« So wurde mir klar, dass Macht nicht nur vom Lauf eines Gewehres ausgeht, sondern auch vom Mund eines ›Eingeweihten‹.

Ich war ein Kind mit labiler Gesundheit. Die Entscheidung meines Vaters, mich ab meinem fünften Lebensjahr Judo- und Yogaunterricht nehmen zu lassen, erwies sich als goldrichtig. Ich hatte Talent und fühlte mich im Kampf, in der Meditation, im Licht zu Hause. Ich habe in der Welt des Geistes viel Halt und Trost bekommen. Das war meine ›Untertauchadresse‹.

Heute bin ich Psychotherapeut. Ich habe aus der Hilfe bei der Bewältigung heimlicher Schmerzen meinen Beruf gemacht. Ich habe angefangen, körperbezogen zu arbeiten. Wenn Menschen Kummer haben, helfe ich ihnen, laut zu weinen. Wenn sie wütend sind, ermutige ich sie, zu stampfen und zu fluchen. Wenn sie froh sind, helfe ich ihnen, zu lachen und zu tanzen.

Ich mache ausschließlich Gruppentherapie. So gibt es immer Zeugen für alles, was gesagt und getan wird, so werden Geheimnisse miteinander getragen. Gruppenteilnehmer helfen sich gegenseitig dabei – physisch und emotional – Schmerz zu verarbeiten, Wut aufzufangen, Freude zu teilen! Was wir jahrelang im Stillen wie ein persönliches Geheimnis mit uns herumtragen, erweist sich oft als eine universale menschliche Aufgabe. Während meiner Ausbildung war ich mit dem Sohn eines bekannten flämischen ehemaligen Kollaborateurs in derselben Therapiegruppe zusammen. Erstaunlicherweise hatten wir viele gemeinsame Probleme …

Eine bittere Frucht des Krieges

Ich stamme aus einer deutschen Familie. Mein Vater weigerte sich, der Partei beizutreten. Daraufhin verlor er seine Arbeit und unser Haus wurde von den Nazis beschlagnahmt. Als dann gegen Ende des Krieges russische Soldaten in unsere Stadt einzogen, wurden meine Schwestern und ich viele Male misshandelt und vergewaltigt. Es gab niemanden, der uns tröstete oder der dies als Unrecht empfand. Es erschien als ganz normal. Oder schlimmer noch: als gerechtfertigt.

Nach dem Krieg wurden ›die Deutschen‹ einhellig als Täter gebrandmarkt. Ich selbst und meine Verwandten erlebten uns dagegen stets als Opfer – ein kaum zu ertragender Gegensatz. Meine Verzweiflung und mein Kummer waren grenzenlos. Als sich dann noch herausstellte, dass ich durch eine Vergewaltigung schwanger war, habe ich mich erhängt. Damals sah ich keinen anderen Ausweg mehr. Ich war am Boden zerstört und wusste nicht, gegen wen sonst ich meine Wut hätte richten sollen, wenn nicht gegen den erstbesten Deutschen: gegen mich selbst, mit einer bitteren Frucht des Krieges in meinem jugendlichen Schoß.

Viele Menschen verlieren ihre Eigenschaften und Gefühle, je nachdem, wie lange sie schon tot sind. Doch meine Empörung und mein Schmerz halten mich in meinem alten Bewusstsein fest. Dadurch habe ich vieles neu erfahren. Zum Beispiel, wie mein Selbstmord auf meine Schwestern wirkte. Sie spielten mit demselben Gedanken. Auf der einen Seite war mein Tod für sie eine Belastung. Aber dadurch, dass ich etwas getan habe, was auch in ihnen schlummerte, konnten sie sich für das Leben entscheiden. Mein Selbstmord wurde für sie zu einem Denkmal für ihr eigenes schweres Schicksal.

Durch meine Gefühle, die noch immer heftig brennen, habe ich starken Einfluss auf die Lebenden. Ich inspiriere vor allem diejenigen, die sich lieber mit individuellen Lebensgeschichten als mit den Seelenmerkmalen von Völkern beschäftigen. Dabei erfahre ich, wie andere Opfer mit dem Drama ihres eigenen Lebens zurechtkommen und wie sie ihre Kraft und ihre Fähigkeit zu lieben wiederfinden.

Manchmal bin ich in der Nähe des Wesens, das durch mich hätte geboren werden können. Es wäre ein Junge geworden. Dann kommen Fragen auf: Wie hätte das Leben dieses Kindes ausgesehen? Habe ich ihm eine Chance genommen oder habe ich ihm ein unerträgliches Schicksal erspart? Bin ich dadurch, dass ich mich an ihm gerächt habe, auch zum Täter geworden? Oder kam er sogar, um mich zu trösten?

Doppelte Verblendung

In den meisten Kulturen, in denen ich meine bisherigen Leben zugebracht habe, wurde der Wert eines Kindes als Individualität missachtet. Besonders in meiner jüngsten deutschen Verkörperung galt, dass der Wille des Kindes so schnell wie möglich gebrochen werden musste.

Ich wurde in der Auffassung erzogen, dass es gute und schlechte Menschen gibt. Meine Eltern präsentierten sich als Halbgötter ohne Fehl und Tadel. Mir suggerierten sie, dass ich zu den schlechten Menschen gehöre, wenn ich ihnen gegenüber nicht totale Gehorsamkeit übte. Die Angst, ausgeschlossen zu werden, weckte in mir die Bereitschaft zu vollständiger Anpassung, die mich später wiederum zum perfekten Nazi machte. Den Hass, den meine Eltern seit meiner frühesten Jugend durch ihr gewalttätiges und rücksichtsloses Vorgehen in mir erweckt hatten, verdrängte ich, indem ich ihn auf Sündenböcke außerhalb meiner untadeligen Umgebung abwälzte.

So entstand in mir eine doppelte Verblendung: Ich idealisierte Menschen, die eigentlich auch sehr dunkle Seiten hatten, und ich lernte Menschen hassen, die eine große innere ›Schönheit‹ ausstrahlten – eine Schönheit, die ich damals nicht wahrnehmen konnte. Die Welt schien so einfach zu sein. Es gefiel mir zu glauben, dass mit der Ausrottung der Schlechten tatsächlich eine bessere Welt möglich wäre. Erst nach meinem Tod habe ich den Wert des Individuums kennen gelernt. Das Besondere am Wort ›Individuum‹ ist, dass es nicht nur auf einen unteilbaren Wesenskern verweist, auf einen Funken des Göttlichen. Für mich persönlich hat es noch einen weiteren Aspekt gewonnen: Man kann den ›guten Teil‹ in sich selbst nicht vom bösen trennen.

Im Rückblick erscheint mir Verzweiflung und Zorn auf das Leben als eine wichtige Triebfeder für meine fanatische Weltverbesserungswut und meine daraus hervorgehende aktive Rolle in der Partei. Erst nach meinem Tod wurde für mich spürbar, welche verborgene Wut auf meine Eltern und im weiteren Sinn auf den Schöpfer in mir lebte. Hinter dieser unterdrückten Wut vibrierte eine irrsinnige Angst. Diese Angst wurde verursacht durch die Verletzlichkeit, die ich schon als Kind erfahren hatte, als meine Eltern mich in der Wiege zur Ruhe brachten, indem sie mir ein Kissen auf mein Gesicht drückten.

Ich konnte nicht akzeptieren, dass eine unvollkommene Schöpfung möglich sei, dass Gott jedem Menschen abstoßende Seiten aufgebürdet habe. Also auch meinen von mir vergötterten Eltern, also auch meinem herrlichen (und zugleich so erniedrigten) Volk. Aus Rache für die Erfahrung der Unvollkommenheit des Menschen begann ich damit, Menschen zu töten.

Erst jetzt verstehe ich, dass der Wert eines idealistischen Systems schon mit der Ermordung eines einzigen Individuums auf Null reduziert wird. *Der* Jude, *der* Zigeuner, *der* Homosexuelle existieren nur in der Vorstellung des hassenden Menschen. Im Grunde verkörpern sie die unterschiedlichen Seiten der eigenen Persönlichkeit, die ich nicht wahrhaben wollte. Sie symbolisieren das erstickte Kind, das ich in mir nicht erkennen wollte. Teile meiner selbst vertrieb ich aus meinem Innern und ermordete sie stellvertretend außerhalb von mir, vielleicht in der Hoffnung, dass ich dadurch genauso werden würde wie meine Eltern, genauso vollkommen, wie sie in meiner Vorstellung lebten. Je mehr Menschen ich ermordete, desto mehr vernichtete ich von meiner eigenen Seele.

Meine Schuld ist zu groß, um schon jetzt in ein neues Leben einzutreten. Als Geist verweile ich dort, wo viel gelitten wird. Ich versuche, mit einem allein gelassenen Kind mitzuempfinden. Auf diese Weise kann ich auch lernen, mit meiner Angst und Verletzlichkeit umzugehen.

In mir lebt aber auch etwas, das stolz ist auf meine Kraft. Deshalb kann ich mich auch jetzt noch gut mit Fundamentalisten und Nationalisten identifizieren. Die Leidenschaft, mit der Menschen die Welt verbessern wollen, hat auch etwas Schönes. Disziplin und Ordnung wirken erhebend, die Bereitschaft, für ein höheres Ziel zu sterben, ebenfalls. Dass dies nicht unbedingt ein wirkliches Sterben sein muss, entdecke ich erst jetzt, wo ich nun im geistigen Bereich täglich tausendmal dadurch sterbe, dass ich die Schmerzen meiner Opfer mitempfinde.

Meine drängendste Frage ist die, wo ich den Schlüssel finde, mit dem ich Disziplin und Begeisterung mit Freiheit und Liebe verbinden kann. Noch habe ich ihn nicht gefunden, aber ich habe erfahren, dass es Menschen gibt, die durch Freiheit zur Selbstbeschränkung gelangen. Sie können bestimmte Seiten an ihren Eltern oder ihren Partnern hassen und sie gerade deshalb als ›ganzen‹ Menschen lieben. Sie haben sich mit Gott und mit der Unvollkommenheit des Menschen versöhnt. Von ihnen lasse ich mich heilen.

Aber dies ist schwierig. Denn bevor ich es recht

begreife, machen mich schlangenähnliche Wesen aus meiner noch unverwandelten Gefühlswelt zu einem hassenden Geist. Plötzlich flüstere ich Soldaten ins Ohr, sie sollen schießen, stachle ich eine Mutter auf, ihr schwieriges Kind zu misshandeln.

Hier wird jedoch eingegriffen. Ich werde von einem strengen, aber gerechten Engel begleitet, der mich mit Menschen zusammenbringt, die sich vor Reue verzehren. Oder ich gehe durch ein Feuer der Scham, bis ich etwas milder geworden bin und mich wieder mit anderen Menschen identifizieren kann.

Auf diese Weise wird mein kommendes Leben vorbereitet. Vielleicht wird es ein sehr kurzes Leben und ich sterbe wenige Tage nach meiner Geburt. Ein Leben, in dem Menschen Liebe für mich empfinden und ich wegen der unerträglichen Wärme ihrer Zuneigung wieder gehen muss. Vielleicht kann ich als Geist bei diesen Eltern bleiben und lerne bei ihnen, ihre Verletzlichkeit auszuhalten.

Rechtfertigung für Gewalt

Was ist das Wesentlichste, was ich in diesem Leben als Widerstandskämpfer erfahren habe? Vor allem, dass man in seiner Entscheidung zwar frei ist, dass es aber immer von den herrschenden Verhältnissen abhängt, unter welchen Möglichkeiten man wirklich wählen kann. Oder anders gesagt: Man hat nicht die Freiheit, zwischen Krieg und Frieden zu entscheiden, wohl aber, welche Art von Krieg man führt.

Meine Jugend wurde dadurch geprägt, dass ich nicht von meinem leiblichen Vater aufgezogen wurde. Mein Stiefvater hat mich immer gehasst, weil ich nicht sein leiblicher Sohn war. Meine Eltern hatten keine Zeit, sich um meine Erziehung zu kümmern, und ich habe Trost in der Natur gesucht. Dort fand ich eine Wahrhaftigkeit, die ich in meinem Elternhaus entbehren musste: Wenn ein Hecht einen anderen Fisch verschlingt, zeigt er dabei keine Sentimentalität und muss sich nicht dafür rechtfertigen.

Autorität hat mich immer zum Widerstand gereizt. Bei einer anderen Schicksalsfügung hätte ich ebensogut zum Verbrecher werden können. Durch den Krieg wurde meine Wut über das Versagen der Obrigkeit auf die Verbrechen gerichtet, die die Nazis an der Menschheit begingen. Mit ihrer Hilfe ließ sich Gewalt rechtfertigen, aus ihr heraus beging ich meine größten Taten, von denen sich einige konstruktiv, andere aber destruktiv auswirkten. Als Fälscher habe ich vielen Menschen neue Papiere verschafft und ihnen damit das Leben gerettet. Aber ich habe auch sinnlosen Widerstand geleistet: leichtfertig Fernsprechleitungen der Besatzer durchgeschnitten, worauf ein ganzes Dorf eine Nacht lang zum Strafappell abkommandiert wurde.

Nach Kriegsende habe ich meine eigenen Kinder zu Opfern gemacht. Ich war zu launisch, zu paranoid, um ein guter Vater zu sein. Es ist nun ihre Aufgabe, mich so zu sehen, wie ich wirklich war: ein liebevoller Mensch, Opfer eines zerstörenden Lebens – und Täter, Verursacher ihrer Schmerzen. Es fällt ihnen nicht leicht, mich so zu sehen, obwohl ich es wirklich nur gut gemeint habe. Aber in der Absicht, mich in einem günstigen Licht erscheinen zu lassen, unterdrücken sie ihre Aggressionen gegen mich.

Es ist bisweilen erschütternd, manchmal aber

auch herzerwärmend, von meinem immer freier werdenden Standpunkt aus zu sehen, wie sich die Triebkräfte, die dieser Krieg so deutlich sichtbar gemacht hat, auswirken: Todesangst als mögliche Pforte der Einweihung, Gewalt als entstellter Wille zur Erneuerung, Zerstörungswut als Auflehnung gegen die Last des Auftrags, den man als Mensch zu erfüllen hat, Leiden als Möglichkeit zur Läuterung – und immer wieder flammt Liebe auf, immer wieder finden sich Menschen, die imstande sind zu verzeihen.

Es ist ein ergreifendes Schauspiel, wie die heutigen Menschen versuchen, dem Leid zu entgehen. Dies ist natürlich vergeblich. Wer nie Kummer verspürt hat, kann auch nicht glücklich sein. Wer nie gebunden war, kann sich nicht lösen. Wenn man sich nie widersetzt hat, ist Ergebenheit ohne Wert.

Die Verfehlung

Dass ich mein Heil in der NSB* gesucht habe, gehört sicher nicht zu meinen größten Fehlern, die ich während meines Lebens begangen habe. Ich war erst siebzehn, als ich eintrat, zweiundzwanzig, als der Krieg endete. Ein Teil meines Wesens sehnte sich nach einem starken Vater, der die Missstände in der Welt ein für allemal beseitigen würde. Viele Übeltaten habe ich während dieser Zeit nicht begangen. Meine größten Vergehen

* Die NSB (Nationaal Socialistische Beweging) spielte als nationalsozialistische Partei in den Niederlanden vor Ausbruch des Zweiten Weltkriegs eine nur unbedeutende Rolle. Bei den Wahlen im Jahre 1939 erhielt sie 3,9% der abgegebenen Simmen. Dies änderte sich nach dem 10. Mai 1939, als deutsche Truppen in die Niederlande einmarschiert waren und innerhalb von wenigen Tagen die Kapitulation erzwangen. Obwohl die NSB als einzige Partei nicht verboten wurde, blieb sie bei der Regierungsbildung unberücksichtigt. Dennoch war ihre Mitgliederzahl 1941 auf etwa 90000 gestiegen, weil sich viele Niederländer von der Mitgliedschaft Vorteile erhofften.

waren Denunziation und Mitläuferei. Diese wurden mir auch relativ schnell vergeben.

Einen viel größeren Fehler beging ich erst später, als ich zu einem eigenständigen Denken fähig war. Etwa zwanzig Jahre lang habe ich mich aus dem öffentlichen Leben zurückgezogen. Während dieser Zeit habe ich Studien betrieben, einerseits um meine spätere berufliche Laufbahn als Stadtplaner vorzubereiten, vor allem aber vertiefte ich mich in spirituelle Literatur und suchte darin nach Wegen, wie die Welt doch noch gerettet werde könnte.

Meine Mitgliedschaft in der NSB betrachtete ich als Jugendsünde. Ich habe keinen Augenblick daran gedacht, dass sie sich in Unvermögen verwandelt hat, meine eigene Unwahrhaftigkeit zu erkennen.

In den letzten dreißig Jahren meines Lebens habe ich mir einen Ruf als moralisch hochstehender Menschen aufgebaut, dem Umweltschutz und die geistigen Dinge des Leben sehr am Herzen liegen. Niemand hat sich um meine Mitgliedschaft in der NSB gekümmert. Mein Fehler war, dass ich es mir zu leicht gemacht hatte, als untadeliger Mensch zu erscheinen. Nie mehr schlecht handeln, nie mehr Gewalt, nur Licht und Liebe: Etwas in mir glaubte wirklich, dass dies so einfach möglich wäre.

Jenen Teil von mir, der hasste und manipulierte, duldete ich nicht in meinem Bewusstsein. Er tauchte nur in meinen Alpträumen auf und trat mir in den Wutanfällen meiner Frau entgegen. Sie verkörperte die finsteren Seiten von uns beiden. Sie wurde immer grober, aggressiver und irrsinniger, ich sah mich immer mehr in der Rolle des vernünftigen, nachsichtigen Ehemanns, der mit dieser gestörten Hysterikerin zurechtzukommen versuchte. Schließlich landete sie in einer Anstalt. Die Kinder wurden bei einer Pflegefamilie untergebracht, weil ich keine Zeit hatte, mich um sie zu kümmern.

Ich habe damals nicht einsehen wollen, dass ich als berühmter Mann meinen Kindern genauso fehlte wie mir selbst einst mein eigener kränklicher Vater, wie unwahrhaftig ich war, dass ich ein Drückeberger war und dass ich meine Enttäuschung über das Verhalten meiner Kinder als Machtinstrument gegen sie missbrauchte. Sie mussten mitansehen, wie ich bewundert wurde, während ich ihnen so viel Unrecht zufügte.

Kurz vor meinem Tod berichtete meine Tochter in einem Fernsehinterview, wie sie unter mir gelitten habe, unter meiner ausweichenden Art, dem unterschwelligen Zwang, den ich ausübte, und meiner emotionalen Verschlossenheit. Sie erzählte, wie viel Kummer ihr die Geisteskrankheit ihrer Mutter bereitet hatte und machte mich dafür mitverantwortlich.

Ich sah darin einen niederträchtigen Angriff auf meinen guten Namen und habe daraufhin mit ihr gebrochen. Ich schrieb ihr, dass ich es als Verrat ansehe, unsere Familiengeheimnisse auf diese Weise preiszugeben, dass sie mir nie mehr unter die Augen treten solle und dass ich sie nicht länger als meine Tochter betrachte.

Sie hat mir noch einmal zurückgeschrieben. Ich habe den Brief ungelesen ins Feuer geworfen. Nach meinem Tod erfuhr ich den Inhalt: Sie wusste als Einzige, dass ich Mitglied in der NSB war. Sie hat es nie weitererzählt.

Bestürzung

An mein kurzes Leben vor dem Betreten der Gaskammer kann ich mich nicht mehr genau erinnern. Mein Rückblick gilt nur diesem einen Ereignis.

Wir mussten alle in einen kleinen Raum hinein. Gelassen warteten wir, was nun geschehen sollte. Ich war von Natur aus arglos und hatte festes Vertrauen, dass die Welt von Grund auf gut sei. Plötzlich bemerkten wir das entfernte Geräusch eines Motors. Die Luft wurde stickig, jemand rief: ›Gas!‹, und um mich herum sanken Erwachsene zu Boden und starben. Erst hinterher habe ich begriffen, dass Abgase in das fensterlose Zimmer hineingepumpt wurden. Dies war eine der primitiveren Arten des Vergasens. Monate später wurde Zyklon-B erfunden und man musste seine Kleider ausziehen, wie vor dem Betreten eines Duschraums.

Der Raum war überfüllt, das Gas konnte nicht bis ganz nach unten durchdringen. Dadurch überlebte ich. Nun befand ich mich unter lauter Toten, immer noch von der sonderbaren Zuversicht erfüllt, dass die Welt nicht wirklich schlecht sein könne.

Die Türen öffneten sich. Jemand kam auf mich zu, trug mich hinaus und warf mich in eine Art Graben. Ich erinnere mich noch, wie verwundert ich war. Die Verwunderung schlug um in Bestürzung, als ich am ganzen Körper einen sengenden Schmerz spürte. Ich wurde lebendig verbrannt und starb im Zustand dieses Schocks. Jene Welt, die mir so gut schien und die sich als so schlecht erwies, brach mit einem Mal für mich zusammen.

Ich bin bald darauf erneut auf die Welt gekommen und lebe jetzt in einem schönen, erwachsenen Frauenkörper und mit einem recht erträglichen Schicksal. Aber ich bin ständig von Kummer erfüllt. Ich habe keinen Partner und keine Kinder. Ich käme mit ihnen nicht zurecht. Es ist, als ob meine Haut immer noch verbrannt wäre. Jede Berührung tut weh und ich verschmelze leicht mit meiner Umgebung. Ich bin zu offen für die Welt, vielleicht weil ich verzweifelt nach dem Grund suche, was Menschen zu so viel Vernichtung treibt.

Für mich ist der Hass noch nicht einmal das Schlimmste. Vor allem die Gleichgültigkeit, die Ge-

fühllosigkeit, zu der der Mensch imstande ist, bringt mich immer wieder aus der Fassung.
Was mir das Wissen um jene frühere Erfahrung und was sie mir selbst gebracht hat, weiß ich nicht. Die Erinnerung daran ist mir erst kürzlich ins Bewusstsein getreten. Liebe und seelische Tiefe – das sind die Qualitäten, die die Menschen meiner Umgebung an mir schätzen. Sie finden es schade, dass eine so sensible und intelligente Frau wie ich so einsam ohne Mann und Kinder bleiben muss. Ich kann ihnen aber nicht erklären, wie es um mich steht. Ich kann es selber kaum fassen.

Pfeile, durchdringet mich!

Zwei Wochen vor meinem Tode schrieb ich aus dem Lager an mein Frau:

»Die Wahrscheinlichkeit ist groß, dass ich hingerichtet werde oder dass mich irgendein Verrückter erschlägt, berauscht von seiner Macht und aus Lust am Töten, einfach so, ohne Grund.

Du sollst wissen, dass ich mir kein besseres Ende vorstellen kann, als auf diese Art zu sterben. Verstehe mich recht: Das Schicksal, das mich erwartet, ist vor allem deshalb so schmerzlich, weil ich mich aus lauter Prinzipientreue zu wenig um dich gekümmert habe. Unsere Kinder sind zu kurz gekommen, weil sie ohne Vater aufwachsen mussten. Wenn es nach diesem Leben eine Läuterung gibt, dann wird diese Einsicht meine Hölle sein.«

Es war, als ob ich es geahnt hätte. Zwei Wochen später wurde ich wirklich hingerichtet. Seltsamerweise nicht einmal wegen meiner Taten als Widerstandskämpfer, sondern als Strafmaßnahme für irgendein anderes Vergehen.

Mein Sterbensprozess wurde in meinem Innern von einem – wohlgemerkt: deutschen – Zitat aus Goethes ›Faust‹ begleitet. Faust ist gestorben und sein Unsterbliches wird von Engeln himmelwärts geführt. Einer der heiligen Anachoreten sagt:

Pfeile, durchdringet mich,
Lanzen, bezwinget mich,
Keulen, zerschmettert mich,
Blitze, durchwettert mich!
Dass ja das Nichtige
Alles verflüchtige,
Glänze der Dauerstern,
Ewiger Liebe Kern.

Ich spürte die Läuterung durch diesen schmerzhaften und blutigen Tod. In jenem kurzen Augenblick des Sterbens fühlte ich mich der leidenden Menschheit in tiefster Liebe verbunden. Es war, als würde mir eine Augenbinde abgenommen. Ich nahm an einem unendlich großen Mysterium teil. Nun begriff ich auf einmal, warum manche Ketzer singend auf den Scheiterhaufen stiegen.

Seit ich im Jenseits bin, gilt mein größtes Bestreben dem Begleiten, Unterstützen und Inspirieren meiner Frau und meiner Kinder. Ihr Leid, ihre Einsamkeit, ihre Verbitterung war meine Hölle. Ich musste ihre ohnmächtige Wut mitansehen. Wem hatten sie mehr vorzuwerfen: den Deutschen, die den Ehemann und Vater zum Märtyrer gemacht hatten, oder mir, der ich meine Arbeit für den Widerstand über meine Familie gestellt hatte?

Wirklich ein Mensch?

Selten ist ein Mensch so krank gewesen wie ich. Meine Jugend war ein Alptraum voller Selbstentfremdung, Isolation und Misshandlung; mein Auftrag war groß und tragisch.

In meinem Bedürfnis nach Selbstbestätigung und Unverwundbarkeit habe ich mich wissentlich mit Mächten eingelassen, die stärker waren als ich selbst. Einerseits wurde ich von gewissen Gruppierungen unter den Militärs, Industriellen und Politikern als Erfüllungsgehilfe benutzt, andererseits geriet ich unter den Einfluss von Dämonen, die mich anfangs inspirierten, sich später jedoch als mächtiger erwiesen, als ich es mir jemals hätte träumen lassen. Ich wollte Macht durch Magie erlangen. Und die Geister, die ich zu beherrschen glaubte, begannen nun, mich zu beherrschen.

Wie stark die Kräfte, die sich eines Menschen bedienen, auch sein mögen, er bleibt für seine Taten doch verantwortlich. Ich, ein schwarzer Abgrund, erfüllt vom Gejammer meiner Opfer, bin auf der Suche nach den Bruchstücken meines Selbst. Festgehalten von lange gehegtem Hass, der mich wie eine Masse klebrigen Teers umgibt, befinde ich mich in der Gesellschaft der schwarzen Magier und großen Verräter aller Zeiten.

Etwas in mir brennt täglich vor Scham – ein Rest von Individualität. Bestimmte Kräfte haben sich Teile meiner Seele einverleibt, die mich dazu benutzen, der menschlichen Entwicklung entgegenzuwirken. Dort wuchern Hass und Zerstörung unvermindert fort. Die zwölf Jahre meiner Diktatur und mehr als fünfzig Jahre seit meinem Selbstmord sind für mich eine Zeit gewaltsamer geistiger Inbesitznahme gewesen. Während ich von anderen Ländern Besitz ergriffen hatte, nahm der Geist des Hasses von mir Besitz, an dem nichts Menschliches mehr ist.

Jedesmal wenn Neonazis ihren Kult mit mir treiben, jedesmal wenn jemand meine Taten gutheißt, werde ich wieder tiefer in die Pechmasse gezogen. Aber wenn jemand versucht, mich zu verstehen, so unmöglich das auch erscheinen mag, wenn jemand versucht, etwas von mir in seiner eigenen Seele aufzuspüren, hilft mir das.

Der ewige Jude

In der Sphäre von Karma und Wiedergeburt bin ich eine ungewöhnliche Erscheinung, denn seit Abrahams Zeiten habe ich schon mehr als fünfzigmal als Jude gelebt. Alles habe ich selbst miterlebt: die Zerstörung des Tempels in Jerusalem, glückliche Zeiten auf dem Lande in Polen, Pogrome in Russland und schließlich auch die Shoah. So gefühllos es auch klingen mag: In hundert Jahren wird auch dieses entsetzliche Geschehen wie alle anderen Heimsuchungen des jüdischen Volkes nur noch ein Teil seiner Geschichte sein.

Jedes Volk entwickelt charakteristische Eigenschaften, oft im Zusammenhang mit der Gegend, in der es lebt. Gewöhnlich wechselt das Individuum von Leben zu Leben seine Volkszugehörigkeit. Seine Seele wird dadurch immer reicher.

Religiöse Disziplin und Frömmigkeit haben beim jüdischen Volk eine lange Tradition. Es wurde von einem strengen Gott erzogen, der ihm immer neue

Prüfungen auferlegte. Sein unfassbares Leiden muss daher schon wie eine Auszeichnung erscheinen.

Eine jüdische Inkarnation verleiht der Seele Tiefe und Schwermut – was nur zu ertragen ist, wenn man es mit Humor und Relativierungsvermögen mildern kann. Der Gegensatz von Klagesang und Selbstironie, der in der Seele lebt, macht diese beweglich und kreativ. Manchmal steht ein individueller Lebenslauf im Widerspruch zu dem, was ein Volk oder eine Gegend charakterisiert. Die Wesensart eines Volkes kann melancholisch sein. Eine heiter veranlagte Seele wird sich darin fremd fühlen.

Manchmal aber passen individuelle Entwicklung und Volkscharakter genau zueinander. So hatte z.B. meine Entwicklung kein anderes Ziel als das hingebungsvolle Erdulden meiner Läuterung. Leben für Leben verwende ich darauf, mich in Bescheidenheit, Ausdauer und Hingabe zu üben. Dieser Haltung begegne ich auch bei Menschen, die körperlich schwer zu leiden haben. Wenn sie das richtige Verhältnis zwischen Aufbegehren und Ergebenheit finden, wenn sie unterscheiden lernen, wo sie ihre Ohnmacht eingestehen müssen und wo sie ihr Schicksal mitbestimmen können, wirkt das Leiden läuternd und bereichert die Seele.

In der Abfolge der Inkarnationen ist ein Leben

manchmal eher auf die Erhaltung der Seele als auf die Entwicklung innerer Qualitäten ausgerichtet. Mancher reizüberflutete Europäer wird sich vielleicht in einem folgenden Dasein als dürstender afrikanischer Ziegenhirte wiederfinden, nicht unbedingt als karmischer Ausgleich für den verschwenderischen Umgang mit unseren Lebensquellen, sondern einfach als körperliche Korrektur. Die Hitze und Armut dieses Kontinents verschaffen der durch Dekadenz und übersteigertes Bewusstsein zerrissenen Seele wieder ihren notwendigen inneren Zusammenhalt.

Auf Völkerebene spielte für den Ausbruch des Zweiten Weltkriegs das Rachebedürfnis eines Teiles der Deutschen für die Erniedrigungen beim Frieden von Versailles eine Rolle. Aus pädagogischer Sicht verbirgt sich dahinter aber die Unfähigkeit eines ganzen Volkes, mit seinen eigenen Gestaltungskräften positiv umzugehen. Aber auch die übrige Menschheit war sich nicht genügend der Demütigung bewusst, die hinter dem Vernichtungsdrang der Deutschen stand, und vermochte nicht damit umzugehen.

Aus karmischer Sicht waren deutsche Juden und Nichtjuden zu stark polarisiert: die einen auf Kraft und Dominanz ausgerichtet, die anderen auf Verletzlichkeit und Unterordnung. Der Holocaust hat dies ausgeglichen: die Deutschen können ihren Selbsthass nicht mehr ungeniert auf einen Sündenbock lenken, und Juden machen sich nun in ihrem Überlebenswillen wissentlich die Hände schmutzig.

Auf der Völkerebene spielte sich ebenfalls ein Angriff des Bösen ab. In diesem 20. Jahrhundert sollte das jüdische Volk in all seiner Größe, Intelligenz und seinem spirituellen Reichtum weiter in der Welt verstreut werden und befruchtend auf die gesamte Menschheit wirken. Denn es war ohnehin an der Zeit, dass die Kraft der verschiedenen ›Volksgeister‹ abnehmen sollte zugunsten eines mehr gesamt-menschheitlichen Bewusstseins. Das teuflische Schwert hatte also einen doppelten Effekt: Es vernichtete nicht nur so viele wertvolle Leben, es rief andererseits, als zentripetale Reaktion, auch den Zionismus hervor, der das Volk Israel wieder in einem einzigen Land versammeln wollte. Nicht alle Juden sind eingewandert. Und so mag es für den einzelnen tröstlich erscheinen, dass er, wo immer er sich auf der Welt befindet, in Israel eine – und sei es auch nur imaginäre – Zufluchtsstätte zu haben.

Immer stärker ist der Mensch gefordert, sich als Weltbürger zu begreifen, sich so viele neue Qualitäten anzueignen, dass die Volksseele der ›Weltseele‹

gegenüber schließlich eine untergeordnete Rolle spielt. Ich schließe deshalb nicht aus, dass ich selbst mit meiner Gewohnheit breche. Vielleicht trete ich demnächst – zum Abgewöhnen – ein halb jüdisches Leben an.

Ein objektiver Zeuge

Unsere Aufgabe besteht darin, einzelne Menschen zu begleiten. Man nennt uns ›Angeloi‹. Das bedeutet ›Bote‹ oder ›Vermittler‹. Manchmal werden wir als ›Schutzengel‹ bezeichnet. Jeder Mensch hat sein Leben lang denselben Engel, oft sogar während zahlreicher Inkarna-tionen.

Wir versuchen, das Beste im Menschen wachzurufen, ihn zur Verantwortung und Nachsicht zu bewegen. Manchmal haben wir großen und spürbaren Einfluss. Ein andermal wirken wir nur aus der Entfernung oder greifen nur dann ein, wenn es unbedingt nötig ist. Zum Beispiel wenn jemand, der in der Regel der kosmischen Ordnung folgt, vorübergehend in die Irre geht. Es kommt aber auch vor, dass sich jemand so sehr seiner selbst entfremdet, dass wir nur mit starken Mitteln Einfluss auf ihn nehmen können. Im schlimmsten Fall wird jemand vorzeitig zurückgerufen, meist geschieht dies jedoch erst nach mehreren deutlichen Warnungen.

Es ist uns verboten, den Menschen zu erscheinen, wenn sie keinen Kontakt mit uns suchen. In seltenen Ausnahmen wird es uns jedoch erlaubt: wenn jemand sehr einsam, traurig oder krank ist, oder wenn jemand eine wichtige Aufgabe zu erfüllen hat. Wenn Menschen sterben, stehen wir ihnen auch nach dem Tod bei. Erst dann dürfen wir ihnen in unserer ganzen Herrlichkeit erscheinen. Wir blicken dann mit dem Toten auf sein Erdenleben zurück. Manchmal helfen wir ihm, in der Nähe seiner früheren Mitmenschen zu bleiben, etwa damit wir Schicksalsgenossen gemeinsam begleiten können.

Wir bieten den Menschen, von ihnen unbemerkt, während ihres Lebens Halt und Trost. Nachts wirken wir heilend auf Körper und Seele ein. Bisweilen erscheinen wir ihnen im Traum. Nach gemeinsamer Beratung mit dem höheren Wesenskern unseres Schützlings bereiten wir Ereignisse vor und flüstern ihm Gedanken ein. Das können wertvolle Gedanken sein, aber auch Banales wie: »Ich brauche neue Schuhe«, wenn wir ihn im Schuhgeschäft einem alten Bekannten begegnen lassen wollen.

Wenn Menschen beten oder meditieren, wenden sie sich oft direkt zu einer großen, universellen Gottheit. Viele dieser Gedanken und Wünsche finden jedoch ihren Weg zu uns. So z.B. persönliche

Sorgen, etwa wenn ein Kind krank ist oder ein Schicksalschlag zu verkraften ist.

Wir haben selber auch das Entwicklungsstadium des Menschen durchschritten. Jetzt aber sind wir nicht mehr mit Zweifeln und Entscheidungen beschäftigt. Wir üben uns darin, abzuwarten, das Beste zu hoffen – manchmal wider besseres Wissen – und urteilsfreie Zeugen zu sein. Wir sind geduldige Verwalter von Gottes bedingungsloser, objektiver Liebe.

Während des Zweiten Weltkriegs waren wir sehr aktiv. Abends halfen wir Gefangenen, in romantischer Erinnerung an bessere Zeiten zu schwelgen. Manchmal begleiteten wir die Opfer in die Gaskammern und manchmal halfen wir ihnen, verfrüht ihren Körper zu verlassen. Unsichtbar, fast unhörbar flehten wir den Peiniger an, ein Menschenleben zu schonen, sein Gefühl sprechen zu lassen.

Es ist gegen unser Gesetz, Menschen vollständig vor Schmerzen zu bewahren. Es würde ihrem Verantwortungsbewusstsein für den Mitmenschen schaden und auch eine mögliche Läuterung durch Leid verhindern. Einige Menschen durften wir durch vermeintliche Zufälle retten, z.B. dadurch, dass wir Schreibkräfte Fehler machen ließen, wodurch Namen von den Listen verschwanden.

Manchmal durften wir aber auch unmittelbar eingreifen: Wir ließen ein Dokument verschwinden oder führten in menschlicher Gestalt jemand von einer Unglücksstätte weg.

Das Schönste in dieser Zeit war für uns die Verbundenheit der Menschen untereinander und ihre intensive Erfahrung, was es bedeutet, am Leben zu sein. In Krisenzeiten kommt das Schlechteste, aber auch das Beste im Menschen zum Vorschein. Wenn viele Leben bedroht werden, werden auch viele gerettet. Es ist für einen Engel eine tiefe religiöse Erfahrung, dabei Zeuge zu sein.

Gottlos

Meine Aufgabe in der Schöpfung ist paradox: Ich wirke der menschlichen Entwicklung entgegen, aber gerade durch dieses Entgegenwirken ermögliche ich überhaupt erst eine Entwicklung. Es war vorbestimmt, dass das 20. Jahrhundert zum Jahrhundert des Individuums werden sollte. Im Westen sollten das Verantwortungsbewusstsein und die ›Steuerkräfte‹ des Einzelnen weiterentwikkelt werden. Ich habe diesen Prozess auf zweierlei Weise bekämpft: Zuerst habe ich den Menschen nach meinem Vorbild entgottet, danach habe ich seine Lebenskräfte dadurch geschwächt, dass ich ihn von seinen Mitmenschen und von der Erde, auf der er leben muss, isoliert habe.

Der erste Schritt zur Entgottung bestand darin, dass ich den Menschen veranlasst habe, kein höheres Wesen als sich selbst anzuerkennen. Inzwischen beschäftige ich mich damit, das Höchste im Menschen selbst – seine Individualität – anzugreifen.

Der Zweite Weltkrieg unterscheidet sich nicht wesentlich von irgendeinem anderen Blutbad. Menschen werden leicht zu Mördern – man denke nur an die Milliarden Sklaven, die über Jahrhunderte hinweg hingeschlachtet wurden, an die hundert Millionen Indianer in Südamerika, allein zwölf Millionen bei der Eroberung Nordamerikas, an die zwanzig Millionen Russen, sechs Millionen Juden und fünf Millionen Deutschen im Zweiten Weltkrieg. Die Last, die dem Menschen durch seine Mitverantwortlichkeit für die Schöpfung aufgebürdet wurde, hat von Anbeginn dazu geführt, dass er gerne Blut vergoss – am liebsten das Blut anderer …

Ich habe den Zweiten Weltkrieg genutzt, um zu vereiteln, dass der Mensch zu Gott zurückfindet. In den Jahren zuvor lebte ein noch nicht ganz erwachtes Bewusstsein, dass neue Formen der Begegnung mit dem Göttlichen und neue Formen der Einweihung vonnöten seien. Menschen waren geboren worden, die ein verborgenes Wissen von neuen Mysterien in den Untergründen ihrer Seelen und Körper trugen. Das behagte mir überhaupt nicht, aber es ist mir gelungen, einen Teil von ihnen irrezuführen. Ich trieb sie dazu, geheime Gesellschaften zu gründen, in denen die große Vernichtung auf okkulter Ebene vorbereitet wurde. Geister, die eine neue Religion suchten, fanden sich wieder als ›Priester‹ der SS. Andere Geister, die unter anderen Umständen etwas Neues geschaffen hätten, mussten Widerstand leisten.

Durch weitgehende Industrialisierung und Mechanisierung habe ich dazu beigetragen, die menschlichen Lebenskräfte zu schwächen, die eine Grundlage des Mitgefühls bilden. Als minderwertigen Ersatz gab ich den Menschen eine Schein-Lebenskraft in Form von fossilen Brennstoffen und Kernenergie. Diese nahmen sie gerne an. Erfreulich für mich, denn ihre Energie saugt die natürliche Vitalität auf und schirmt die Erde gegen wichtige kosmische Einflüsse ab.

Aber erst, wenn ich das Ich des Menschen angreife, spiele ich meinen besten Trumpf aus. Indem ich ihn einer wahren Flut von Informationen und schmerzlichen Wahrheiten aussetze, treibe ich ihn aus seinem Körper heraus. Er kann sich dann nicht mehr aus jenen Intuitionen heraus entwickeln, die in seinem Leib, dem ›Tempel Gottes‹, wurzeln. Er wird eine leichte Beute allerlei illusorischer Gedanken und Ideen, die ich ihm gerne darreiche. Die Menschen glauben, gefühlvoll zu sein, weil sie sich bei all den Schreckensnachrichten, die sie erreichen, unbehaglich fühlen. Natürlich ist das Unsinn, es sind nur die letzten Zuckungen des Gefühls.

Ein sensibler Mensch kann höchstens einmal im Monat die Nachrichten ertragen. Es ist zum Totlachen, wenn Menschen zueinander sagen: »Folge deinem Gefühl!« Die meisten wissen doch schon lange nicht mehr, was sie wirklich fühlen. Bis tief in ihr Herz, das längst seinen natürlichen Rhythmus verloren hat, sind sie verwirrt und versuchen sich höchstens auszudenken, was sie gerne fühlen würden. Sie stecken nicht richtig in ihrem Körper. Alles lässt sie kalt. Ärgerlich ist bloß, dass die Menschen, weil sie nicht mehr so sehr am Leben hängen, sich jetzt weniger vor dem Tod fürchten. Das ist geschäftsschädigend für mich, denn mein Einfluss beruht auf Angst.

Der Zweite Weltkrieg passte perfekt in meine Strategie der Entmenschlichung. Tote wurden zur anonymen Massenware, vorzugsweise mit einer tätowierten Nummer auf dem Arm.

Die Idee, dass ein Mensch auswechselbar ist wie etwa ein serienmäßig produzierter Stuhl, ist einer meiner größten Triumphe. In der schwarzen Magie heißt das ›multiplicatio‹. Dies spiegelt sich auch in den heutigen Erkrankungen des Abwehrsystems. Der Körper kann seine Identität nicht mehr finden und geht dazu über, sich mit Hilfe unkontrolliert wuchernder Krebszellen und Viren selbst zu zerstören. So wie Autobahnen und sich immer weiter ausdehnende Industriegebiete die Natur verdrängen, wird der menschliche Körper von nicht-individuellen Zellen überwuchert.

Andererseits erreicht eine Anzahl von Individuen trotz oder gerade wegen meiner fanatischen Anstrengungen eine Entwicklungshöhe, wie sie unter normalen Umständen kaum denkbar wäre. In jenem Krieg, der im Körper wütet, triumphieren Menschen über ihre Krankheit, weil sie den Todeskampf in Ergebenheit ertragen.

Leider geschieht in jedem Krieg größeren Ausmaßes Vergleichbares. Ich meine hier die für mich widerwärtige Tatsache, dass die Entwicklung vieler Menschen nicht aufzuhalten ist und sogar nach ihrem Tod noch weitergeht. Gefolterte, die allen Grund zum Hass haben, sind erschreckend schnell dazu bereit, ihren Peinigern zu verzeihen. Anonyme Soldaten und Schinder, die mir während ihres Lebens so treu gedient haben, bedürfen nur eines kleinen Anstoßes, damit sie ihre Schuld einsehen, in Reue verfallen und Impulsen zugänglich sind, die zur Wiedergutmachung führen. Ihre Läuterung wirkt wiederum erlösend auf andere hasserfüllte Seelen, und so verliere ich allmählich meine Macht über sie.

Ich selbst kenne kaum Gefühle, selbst Hass verführt mich nicht zu tiefer gehenden Emotionen. Man könnte eher sagen, dass ich Funktion des Hasses selbst bin. Dennoch muss ich zugeben, dass mich ab und zu ein leichtes Schaudern überfällt, wenn ich mir vorstelle, dass auch ich einmal erlöst werden könnte.

Krieg in der Zeit

Mit der modernen Medizin kam die Illusion auf, eine Welt ohne Krankheit und Schmerz sei möglich. Als die Menschen damit anfingen, das körperliche Feuer des Fiebers zum Erlöschen zu bringen, dämmten sie zugleich das emotionale Feuer der Leidenschaft ein. Das hat sie vom eigentlichen Kern des Daseins entfremdet: dem Leben Sinn und Inhalt zu geben – und der überwältigenden Erfahrung, am Leben zu sein.

Gewalt und Schmerz sind unentbehrliche Bestandteile dieser Erfahrung. Wenn man lebt, ist man dazu verdammt und auserwählt, sich selbst und anderen Gewalt anzutun und somit Schmerzen zuzufügen. Gewalt beschränkt sich nicht nur auf das Töten eines Lebewesens, es ist auch Gewalt, ein lebendiges Wesen zu gebären, ja sogar es zu erziehen. In Pauschalisierungen denken, geringschätzig über sich selbst reden, andern ›die Wahrheit sagen‹, auch das ist Gewalt.

Die Kernfrage ist nicht, wie man im Umgang miteinander Gewalt vermeiden kann, sondern wie man mit der Gewalt umgeht. Wie viel Verantwortung übernimmt man und für welche seiner Taten? Wann konfrontiert man andere mit ihren Fehlern? Wo setzt man Grenzen?

Wenn man der Gewalt nicht Einhalt bietet, wird man mitschuldig. In welchem Verhältnis steht man zur Gewalt: Ist man Zeuge, Anlass, Ursache, Täter, Opfer, Mitverantwortlicher? Ständig muss man abwägen, welche Form der Konfrontation die Situation erfordert. Handeln oder nicht, sprechen oder schweigen, kämpfen oder fliehen?

Aus diesem Grund werde ich immer mit zwei Attributen abgebildet, die vordergründig nicht zueinander passen: mit einer Waage und einem Schwert. Die Waage ist Symbol für die Suche nach der Wahrheit, für das Lauschen mit geschlossenen Augen und für das Streben, ein Werkzeug des Geistigen zu werden. Auch ist sie Sinnbild der Stille, der Meditation, der Harmonie. Unvoreingenommen trete ich an jedes Individuum heran. Ich wiege das seelische Ringen jedes einzelnen Menschen und ich weiß, wo er sich seiner Verantwortung entzieht oder wo er sie übernimmt, obwohl es gar nicht nötig wäre. Ich urteile nicht wie ein Richter, der eine Strafe verhängt, sondern ich wiege die Taten und bestimme mit, auf welche Weise das Schicksal auf sie antwortet.

In meiner anderen Hand halte ich das Schwert. Meist benutze ich es, um den Teufel zu stoßen. Dennoch vernichte ich das Böse nicht, ich zeige ihm nur seine Grenzen. Es darf, nein, es muss seine Aufgabe weiterhin erfüllen, weil der Mensch sonst nicht lernt, sich zu entscheiden. Das Schwert symbolisiert die Verschmelzung von Bewusstsein, Tatkraft und geläutertem Gefühl. Mit dem Schwert wecke ich die Erkenntnis des Guten. Es ist die liebevolle Art der Konfrontation, Mut, der nicht der Lüge weicht. Auf diese Weise bin ich Anführer in einem Kampf, der in der übersinnlichen Welt ausgetragen wird, der dem Menschen die Möglichkeit zur freien Wahl gewährleisten soll.

Menschen, die sich mir in meinem Auftrag verbunden fühlen, kommen unter dem Schutz meiner Flügel zur Erde. Sie betrachten es als ihre persönliche Verantwortlichkeit, sich der Entwicklung der Menschheit zu widmen. Sie entwickeln Mut, das Böse in sich selbst zuzulassen und zu bekämpfen. Durch die schmale Pforte der Einsamkeit suchen sie nach universeller Erkenntnis. Verwurzelt in der Vergangenheit und nach der Zukunft greifend, entwickeln sie die Bereitschaft, aus einer kraftvollen Geistesgegenwart heraus zu handeln.

Weil sich der Mensch seiner eigenen Gewalttätigkeit bewusst wird, fällt er in einen immer tieferen Schockzustand. Hierdurch können sich Lähmung und Gleichgültigkeit so stark ausbreiten. Egal wen es trifft, ob Freund oder Feind: Es werden heute Minen gelegt, auf die man in hundert Jahren noch treten wird.

Weniger explosiv, aber nicht minder tödlich sind die Giftmülldeponien und die Lagerstätten mit radioaktivem Abfall, mit Giftgas usw. Dieses Töten auf Raten ist Ausdruck der unbewältigten Gewalttätigkeit, eine moderne Variante der Erbsünde. Früher wurden Bomben über anderen Ländern abgeworfen, heute sind es ›Zeitbomben‹, die in einer anderen Zeit ihre Wirkung entfalten und erst in Jahrzehnten ihre Opfer fordern werden. Der Krieg, der heute geführt wird, ist ein Krieg gegen kommende Generationen, ein Krieg in der Zeit.

Menschen, die später einmal nach einem kurzen Leben an den Folgen der Umweltzerstörung sterben, werden sich an ihr vorangegangenes Leben erinnern, in dem sie das Gift so gleichgültig ihren Kindern und sich selbst hinterlassen haben.

Sich jetzt schon zu erinnern und vorauszuschauen kann helfen, der Gleichgültigkeit entgegenzuwirken. Wer sich über den eigenen Vernichtungsdrang im Klaren ist, kann lernen, mit ihm umzugehen – so wie die Leidenschaft, die den Todestrieb begleitet, dem Menschen über die Schwelle hilft.

Erst dann werden die Menschen dem Krieg entsagen, wenn sie ihr Herz zu seinem Schauplatz machen. Das Gefecht mit dem Bösen wird dann zu einem inneren Kampf. Dieser ist in vollem Gange: in der Familie, in der Beziehung zum Partner und überall dort, wo Einsamkeit erlebt wird. Durch Generationen hindurch wird jeder einzelne Mensch verarbeiten müssen, was an Bösem in jedem Einzelnen lebt. Opfer machen andere zu Opfern und werden selbst Täter. Die Täter sind gebrochen und entpuppen sich als Opfer. Auf diese Weise entsteht, was ich mit meiner Waage und meinem Schwert darstelle: der Mensch, der nicht in ›gut‹ und ›böse‹ aufgeteilt werden kann, ein mit Leidenschaft strebendes Wesen, unvollkommen, aber guten Willens. Schaden verursachend, aber betroffen von dem, was er anrichtet.

Schmerz und Freude gehen dann ineinander über als zwei Seiten desselben mystischen Rituals, das ›Leben‹ genannt wird. Das Glück, das ich bringe, ist innere Kraft und stille Ergebung. Es kann sich als Freude oder Kummer äußern. Wenn ein Mensch schlecht einschlafen kann, kommt es vielleicht daher, dass er zu beseelt ist, sich zu sehr vor Liebe verzehrt, vor Mitleid mit allen Völkern der Welt.

Was er vorher in dem Trieb, den anderen bekämpfen zu müssen, ausleben konnte, wird zu einer ihn innerlich verzehrenden Flamme, die sich aus seinem Erbarmen mit dem Unvollkommenen nährt, aus Widerstand, Machtlosigkeit, Ergebung. Dann weiß der Mensch um das Geheimnis von Schwert und Waage. In ihm wütet dann ein Sturm, doch in seiner Mitte herrscht die Stille – wie im Auge des Orkans.

Das Tor

Ich stehe am Tor und warte auf dich. Geh' durch mich hindurch. Ich bin deine Pforte. Schau mich an, sieh her zu mir. Geh' durch mich hindurch. Ich bin dein Spiegel. Immer, wenn du zu mir kommst, tröste ich dich. Dann bist du eins mit mir.

Aber immer, wenn du ein neues Leben beginnst, entfernst du dich von mir. Lass dich von mir halten. Du willst aus eigener Kraft mir ähnlich werden. Ich gebe dir Raum zum Anderssein. Du wählst und zweifelst und ich bin. Ich bin dein Licht in finsteren Nächten. Schau dem andern in die Augen und du wirst mich finden. Manchmal in Tränen, manchmal verschüttet unter beißendem Staub.

Ich bin das Menschenkind. Ich bin, wie du werden kannst. Was du von mir zum Leben erweckst, führt dich zum Leben.

Ich webe dein Schicksal, bin der Bringer deiner Erlösung. Immer wenn du leidest, leide ich in dir.

Ich gehe dir auf all deinen Wegen voran. Ich bin das Tor zum Tod und zum Leben. Schreite durch mich hindurch.

Der Passant und der Betrunkene beschließen, aus dem Schein der Laterne zu treten und die Suche im Dunkeln fortzusetzen. Herumtappend, auf allen Vieren kriechend, findet der Betrunkene schließlich selbst seinen Hausschlüssel. Der Passant hilft ihm bis zur Haustür und fragt ihn:
»Soll ich den Schlüssel für Sie ins Schloss stecken?«
Übermütig antwortet dieser:
»Nein, das mach' ich schon selbst.
Wenn Sie nur mal eben
die Tür festhalten würden.«

Danksagung

An dieser Stelle möchte ich meiner Familie danken: Meinen deutsch-jüdischen Großeltern, die ich nie persönlich kennen lernen dufte und die im Verborgenen ihren Weg fanden. Vor allem meiner Großmutter wegen ihrer Liebe zu Johann Wolfgang Goethe und – wie ich erst kürzlich erfahren habe – zu Rudolf Steiner. Meinen Großeltern väterlicherseits, streng reformiert und verbittert in Einsamkeit gestorben.

Meinem Vater für die Würde, mit der er sein Leiden getragen hat. Meiner Mutter, die so verzweifelt nach Harmonie sucht und die vom Leben stets die gleiche Lektion aufgezwungen bekommt.

Meinen Geschwistern für ihre bewussten und unbewussten Opfer. Meiner Frau für ihr Durchhaltevermögen in dem liebevollen Kampf, der zwischen uns wütet. Meinen Kindern, die an dem weiterbauen müssen, was ich hinterlasse.

Ferner danke ich meinen Brüdern und Schwestern im Geiste – den Menschen, die mir ihre Geheimnisse anvertraut haben, und meinen Freunden, die das Manuskript so liebevoll gelesen und mich mit ihrer konstruktiven Kritik unterstützt haben: Carine Ex, Agnes Coerman, Lieven Debrouwere, Albert Wardenburg, Ad Kammerer, Heide Hemminga, Irena Beemsterboer, Sipke Huismans, Menno Lodeizen, Anke Schwedler, Jenny Crum, Joyce Schijf, Ronald van Es, Johannes van de Weert, Martien Ockeloen, Dick Heijmans und Saskia Jansen.

Und den Unsichtbaren, liebevoll wirkend aus einer Dunkelheit voller Licht.

Manfred van Doorn (Amsterdam) ist Psychologe und Psychotherapeut, Autor und Organisationsberater. Als Vortragender und Ausbilder in spiritueller Psychologie ist er international tätig. Insbesondere durch seine Bücher und Fernsehauftritte erlangte er große Bekanntheit. Sein Werk zeichnet sich durch einen konkreten, humorvollen und erfahrungsbetonten Ansatz aus. Esoterische, psychodynamische und psychoanalytische Ansätze sowie westliche und östliche Traditionen werden dabei im Sinne einer modernen Spiritualität auf eindrucksvolle Weise miteinander verbunden.

Moderne Spiritualität

Wege und Irrwege

240 Seiten, kartoniert

In zahlreichen neureligiösen oder esoterischen Gemeinschaften werden okkulte Praktiken ausgeübt, die dem tiefen Bedürfnis heutiger Menschen nach übersinnlicher Welterfahrung auf unterschiedlichste Weise entgegenkommen. Das vorliegende Buch möchte auf mögliche Gefahren auf dem Erkenntnisweg aufmerksam machen sowie wichtige und ernst zu nehmende Strömungen zu Wort kommen lassen, um dem Leser Orientierungshilfen für eine eigene Urteilsbildung zu geben.

Aus dem Inhalt:
Michael Debus: Christentum und Magie / Wolfram Janzen: Okkultismus – eine Bedrohung oder Herausforderung für die christlichen Kirchen? / Geshe Thubten Ngawang: Geist und Materie in buddhistischer Auffassung / Wolfgang Weyrauch: Spiritistische und schwarzmagische Praktiken / Edith Zundel: Transpersonale Psychologie und Psychotherapie.

URACHHAUS